Tynjanows groteske Satire, die beste seiner drei historischen Novellen, stammt aus dem Jahr 1929. Sie verknüpft zwei, jeweils durch den Flüchtigkeitsfehler eines Abschreibers verursachte vertrackte Fälle: einen Sekondeleutnant, der in der Liste des Kanzlisten fälschlich unter die Toten geraten ist, und einen Sekondeleutnant, den es gar nicht gibt, der aber, da er nun einmal auf dem Papier existiert, immer dann gelegen kommt, wenn ein Sündenbock, ein Strohmann oder etwas dergleichen gebraucht wird. So ist es sogar möglich, daß der ›Sekondeleutnant nur auf dem Papier‹ befördert wird, Karriere macht – bis zum General bringt er es –, ein Hoffräulein ehelicht, kurz danach Vater eines Sohnes wird und in Besitz eines Landguts kommt. Als der Kaiser allerdings diesen hochverdienten Mann zu sich beordert, stirbt dieser überraschend plötzlich im Hospital.
Eine kleine listige Geschichte, die mit Effekten wie bei ›des Kaisers neuen Kleidern‹ spielt und die die Macht der Bürokratie und die Machenschaften der Mächtigen aufs köstlichste karikiert.

Jurij Tynjanow, der 1894 in Režic (im ehemaligen Gouvernement Witebsk) als Sohn eines Arztes geboren wurde, studierte an der historisch-philologischen Fakultät Petrograd und war von 1921 bis 1930 Dozent am Kunstinstitut Leningrad. Als Literaturwissenschaftler Vertreter der sogenannten »formalen Methode«, machte er sich durch mehrere bedeutende Abhandlungen über Stilfragen einen Namen. Unter seinen literarischen Arbeiten sind besonders seine Romanbiographie des romantischen Dichters Wilhelm Küchelbecker (1925), der Roman ›Der Tod des Wesir Muchtar‹ (1929) und sein mehrbändiges Werk über Puschkin (ab 1936) berühmt geworden.
Tynjanow starb 1943 in Moskau.

Erzähler-Bibliothek

Jurij Tynjanow
Sekondeleutnant Saber
Erzählung

Aus dem Russischen von
Maria Einstein

Fischer
Taschenbuch
Verlag

Veröffentlicht im Fischer Taschenbuch Verlag GmbH,
Frankfurt am Main, März 1991

Der Abdruck der deutschen Übersetzung von Maria Einstein
erfolgt mit freundlicher Genehmigung des
Verlages Volk und Welt, Berlin

Umschlaggestaltung: Hans-Georg Pospischil
Illustration: Alfons Holtgreve
Satz: Fotosatz Otto Gutfreund, Darmstadt
Druck und Bindung: Clausen & Bosse, Leck
Printed in Germany
ISBN 3-596-10541-2

Sekondeleutnant Saber

I

Kaiser Paul schlummerte vor dem offenen Fenster. In der Stunde nach dem Essen, wo der Körper mit der Nahrung kämpft, waren alle Aufregungen verboten. Er schlummerte in einem hohen Lehnsessel, der von hinten und von beiden Seiten durch einen gläsernen Wandschirm geschützt war. Paul Petrowitsch hatte einen ganz gewöhnlichen Nachmittagstraum.

Er saß in Gatschina, in seinem fein zurechtgemachten Gärtchen, und ein runder Kupido schaute aus der Ecke zu, wie er mit seiner Familie zu Mittag aß. Da ertönte aus der Ferne ein Knirschen. Eintönig und hüpfend kam es den holprigen Weg entlang. Paul Petrowitsch nahm einen Dreispitz wahr, Pferdegetrappel, Wagenachsen, Staub. Er kroch unter den Tisch, denn der Dreispitz, das war der Feldjäger. Der kam aus Petersburg herangesprengt, um ihn zu holen.

»Nous sommes perdus!« rief er heiser unter dem Tisch hervor seiner Frau zu, damit auch sie sich verstecke.

Er rang nach Atem. Das Knirschen war schon da. Die Wagenachsen berührten ihn schon.

Der Feldjäger blickte unter den Tisch, entdeckte Paul Petrowitsch und sagte: »Majestät, die Kaiserliche Majestät Ihre Frau Mutter ist verschieden!«

Als aber Paul Petrowitsch unter dem Tisch hervorkriechen wollte, gab ihm der Feldjäger einen Klaps auf die Stirn und rief: »Hilfe!«

Paul Petrowitsch machte eine Bewegung mit der Hand und erwischte eine Fliege.

So saß er da, die hervorquellenden Augen zum Fenster des Palais gerichtet, vom Essen und von quälender Unruhe geplagt, mit einer summenden Fliege in der Hand, und lauschte.

Jemand schrie vor dem Fenster um Hilfe.

II

Der Militärschreiber in der Kanzlei des Ismajlow-Regiments war nach Sibirien verbannt worden. Zur Strafe.

Der neue Schreiber, fast noch ein Junge, saß am Fenster und schrieb. Seine Hand zitterte, denn er hatte sich verspätet.

Die Abschrift des Regimentsbefehls mußte Punkt sechs Uhr fertig sein; der Adjutant du jour sollte ihn ins Palais bringen, wo er zusammen mit den anderen Befehlen von dem Adjutanten Seiner Majestät um neun Uhr dem Kaiser vorgelegt wurde. Jede Verspätung war ein Verbrechen. Der Regimentsschreiber war früher als sonst aufgestanden, hatte aber die Abschrift verdorben und mußte nun das Verzeichnis, das dazu gehörte, neu schreiben. Er hatte zwei Fehler gemacht: Er hatte den Leutnant Sinjuchajew tot geschrieben, da er gleich nach dem verstorbenen Major Sokolow kam, und dann hatte er einen ganz dummen Schnitzer gemacht. Statt: »Die Sekondeleutnants aber Stieven, Rybin und Asantschejew werden...« hatte er geschrieben: »Die Sekondeleutnant Saber, Stieven, Rybin und Asantschejew werden...« Gerade als er das Wort »Sekondeleutnants« schrieb, war ein Offizier eingetreten; da hatte er die Hacken zusammengeschlagen und das Schreiben bei dem letzten »t« abgebrochen; als er dann wieder an die Abschrift ging, machte er den Schnitzer und schrieb: »Sekondeleutnant Saber...«

Er wußte: wenn der Befehl bis sechs Uhr nicht fertig war, dann rief der Adjutant: »Verhaften!«, und dann war er verhaftet. Deshalb kam seine Hand nicht vom Fleck, er schrieb immer langsamer und machte plötzlich einen Klecks auf den Befehl, groß und schön wie ein See.

Es blieben nur noch zehn Minuten.

Der Schreiber warf den Kopf zurück und sah zu der Uhr wie zu einem lebenden Menschen hinüber; mit Fingern, die sich sozusagen vom übrigen Körper losgelöst und eigenen Willen bekommen hatten, suchte er unter den Papieren nach einem sauberen Bogen, obwohl die sauberen Bögen gar nicht hier, sondern ordentlich aufgestapelt im Schrank lagen.

Während er so, schon ganz verzweifelt und nur noch aus Anstand gegen sich selbst, in den Papieren wühlte, durchfuhr es ihn zum zweitenmal wie ein Blitz.

Auch das andere, nicht minder wichtige Schriftstück war falsch geraten. Laut der kaiserlichen Verfügung Nr. 940 über den Gebrauch bestimmter Ausdrücke sollte man nicht »besichtigen«, sondern »in Augenschein nehmen«, nicht »befolgen«, sondern »ausführen«, nicht »Wache«, sondern »Schildwache« und unter gar keinen Umständen »Abteilung« statt »Detachement« schreiben.

Für den Gebrauch bei Zivilrelationen war noch hinzugefügt, daß man nicht »Rang«, sondern »Klasse«, nicht »Gesellschaft«, sondern »Versammlung«, nicht »Bürger«, sondern »Kaufmann« oder »Kleinbürger« sagen sollte.

Letzteres war aber bloß eine Anmerkung in kleiner Schrift zu der Verfügung Nr. 940, die an der Wand direkt vor den Augen des Schreibers hing. Die Anmerkung hatte er gar nicht gelesen. Aber die Wörter »besichtigen« usw. hatte er gleich am ersten Tag auswendig gelernt und sich eingeprägt.

In dem Schriftstück aber, das vom Regimentskommandeur unterschrieben werden und dann an Baron Araktschejew gehen sollte, stand: »Nach Vornahme der von Ew. Exzellenz befohlenen *Besichtigung* der für den besonderen Vorstadtdienst bei Sankt Petersburg und für den auswärtigen Dienst bestimmten *Wachen* beehre ich mich mitzuteilen, daß in Befolgung ...«

Aber das war noch nicht alles.

Gleich die erste Zeile der eben erst abgeschriebenen Relation sah folgendermaßen aus: »Eure Exzellenz! Hochverehrter Herr!«

Jedes kleine Kind wußte ja, daß eine auf derselben Linie geschriebene Ansprache einen Befehl bedeutete und daß die Ansprache bei Meldungen Untergeordneter, ganz besonders noch, wenn sie an eine Person wie Baron Araktschejew gerichtet war, unter allen Umständen aus zwei Zeilen bestehen mußte: »Eure Exzellenz!
Hochverehrter Herr!«,
was gleichzeitig Unterordnung und Höflichkeit ausdrückte.

Während man ihm wegen der Ausdrücke »Besichtigung« usw. lediglich den Vorwurf machen konnte, daß er sie nicht rechtzeitig bemerkt und nicht auf sie aufmerksam gemacht hatte, stammte der Fehler »Hochverehrter Herr« unmittelbar von ihm selber.

Ohne zu wissen, was er überhaupt tat, setzte er sich hin, um die Relation abzuschreiben. Darüber vergaß er gänzlich den Befehl, der doch viel eiliger war.

Als die Ordonnanz des Adjutanten kam, um den Befehl zu holen, sah der Schreiber auf die Uhr und reichte ihm den Bogen mit dem verstorbenen Leutnant Sinjuchajew.

Dann setzte er sich hin und schrieb, immer noch zitternd: »Exzellenz, Detachement, Schildwache.«

III

Punkt neun Uhr läutete es im Palais; der Kaiser hatte die Glockenschnur gezogen. Punkt neun Uhr trat der Adjutant seiner Majestät mit der üblichen Meldung bei Paul Petrowitsch ein. Paul Petrowitsch saß genau wie gestern am Fenster, geschützt von dem gläsernen Wandschirm.

Aber er schlief nicht, er schlummerte nicht, sein Gesicht hatte einen ganz anderen Ausdruck.

Wie alle im Palais, wußte der Adjutant, daß der Kaiser zornig war. Er wußte aber auch, daß der Zorn nach Gründen suchte und um so flammender wurde, je mehr Gründe er fand. Mit der Meldung durfte man sich also unter keinen Umständen verspäten.

Paul Petrowitsch drehte sich nicht nach dem Adjutanten um. Sein Atem ging schwer und unregelmäßig.

Gestern hatte man den ganzen Tag vergebens danach geforscht, wer unter seinem Fenster »Hilfe!« geschrien haben konnte. Nachts war er zweimal vor quälender Unruhe aufgewacht.

»Hilfe!« war ein sinnloser Schrei, und Paul Petrowitschs Zorn war anfangs nicht groß. Er war genau so wütend, wie es jeder andere gewesen wäre, den man mitten in einem schweren Traum gehindert hätte, das Ende zu erfahren. Denn ein Traum, der gut ausgeht, bedeutet Gutes... Dann war die Neugier gekommen: Wer hatte wohl vor dem Fenster »Hilfe!« geschrien und warum? Als man aber im ganzen Palais, das von Angst geschüttelt war, den Menschen nicht finden konnte, wurde der Zorn groß. So weit war es also gekommen, daß ein Mensch am hellen Tage sogar ins Palais Unruhe bringen konnte, ohne gefunden zu werden! Außerdem konnte man nicht wissen, weshalb »Hilfe!« geschrien wurde. Konnte es nicht der Warnungsruf eines reuigen Menschen sein, der ein Verbrechen plante? Oder der Schrei eines Menschen, dem man dort in dem Gebüsch, das man inzwischen bereits dreimal abgesucht hatte, einen Knebel in den Hals steckt und den man dann erdrosselt? Er schien wie vom Erdboden verschluckt. Man sollte... Ja, was sollte man denn tun, nachdem man den Menschen nicht gefunden hatte?

Man sollte die Wachen verstärken. Und nicht bloß hier.

Ohne sich umzudrehen, schaute Paul Petrowitsch die viereckigen, grünen Sträucher an, die fast genau so wie in Trianon waren. Brenna hatte sie angelegt. Trotzdem wußte man nicht, wer darin verborgen gewesen war.

Ohne den Adjutanten anzusehen, streckte er die Hand nach rückwärts. Der Adjutant wußte, was das bedeutete: wenn der Zorn groß war, drehte sich der Kaiser nie nach einem um. Er reichte ihm geschickt den Befehl des Ismajlow-Regiments, und Paul Petrowitsch las ihn aufmerksam. Dann streckte sich die Hand wieder nach rückwärts, und mit geschickter Bewegung nahm der Adjutant lautlos die Feder vom Schreibtisch, tauchte sie ins Tintenfaß, schüttelte sie ab und legte sie in die ausgestreckte Hand, wobei er seine eigene mit Tinte verschmierte. Das alles dauerte einen Augenblick. Bald flog der geschriebene Bogen zu dem Adjutanten zurück. Der reichte immer weitere Bögen, und jedesmal flogen sie unterschrieben oder auch bloß gelesen zu ihm zurück. Er gewöhnte sich allmählich an die Sache und hoffte schon auf einen guten Abgang, da sprang der Kaiser plötzlich von seinem erhöhten Sitz auf.

Mit winzigen Schritten lief er zu dem Adjutanten. Sein Gesicht war rot, die Augen dunkel.

Er trat dicht an den Adjutanten heran und beschnüffelte ihn. Das machte der Kaiser immer, wenn er mißtrauisch war.

Dann faßte er mit zwei Fingern den Adjutanten am Ärmel und kniff ihn.

Der Adjutant stand aufrecht da, die Bogen in der Hand.

»Kennen Sie den Dienst nicht?« sagte Paul heiser. »Von hinten sind Sie angetreten!«

Er kniff ihn zum zweitenmal.

»Ich werde Ihnen den Potemkinschen Geist schon austreiben! Marsch!«

Rückwärts schreitend, schlüpfte der Adjutant aus der Tür.

Sobald sich die Tür lautlos geschlossen hatte, löste Paul Petrowitsch sein Halstuch und begann das Hemd an der Brust zu zerreißen. Sein Mund zog sich schief. Die Lippen bebten.

Der gewaltige Zorn begann.

IV

Wütend hatte der Kaiser eben den von ihm unterschriebenen Befehl verbessert. Die Worte »Die Sekondeleutnant Saber, Stieven, Rybin und Asantschejew ...« hatte er korrigiert; nach »Sekondeleutnant« hatte er ein riesiges »S« gesetzt, einige weitere Buchstaben verbessert und oben hingeschrieben »Sekondeleutnant Saber zum Wachdienst«. Alles andere hatte er stehenlassen.

Der Befehl wurde weitergegeben.

Als der Kommandeur ihn bekam, suchte er lange in seinem Gedächtnis nach einem Sekondeleutnant mit dem merkwürdigen Namen »Saber«. Er nahm die Offiziersliste des Ismajlow-Regiments, aber ein Leutnant dieses Namens stand nicht darin. Auch unter den Gemeinen gab es keinen solchen Namens. Das war ganz rätselhaft. Der Schreiber war wohl der einzige Mensch auf Erden, der das verstand, aber keiner fragte ihn, und er selber sagte auch nichts. Der Befehl des Kaisers mußte befolgt werden und konnte doch nicht befolgt werden. Im ganzen Regiment gab es keinen Sekondeleutnant Saber.

Der Kommandeur überlegte, ob er sich nicht an Baron Araktschejew wenden sollte. Doch er gab

es auf. Araktschejew wohnte in Gatschina; außerdem konnte man nicht wissen, wie das ausging.
Da es Sitte war, im Unglück stets Rettung bei der eigenen Verwandtschaft zu suchen, rief sich der Kommandeur in aller Eile seine und des Adjutanten Seiner Majestät, Sablukow, gemeinsame Verwandtschaft ins Gedächtnis und raste nach Pawlowsk.
In Pawlowsk herrschte große Verwirrung. Zuerst wollte der Adjutant den Kommandeur überhaupt nicht empfangen.
Dann hörte er ihn mit Widerwillen an und wollte ihn schon zum Teufel schicken, da er den Kopf mit anderen Sorgen voll hatte. Plötzlich aber warf er einen funkelnden Blick auf den Kommandeur, den Blick eines Hasardspielers. Der Adjutant sagte langsam: »Nichts dem Kaiser melden. Sekondeleutnant Saber ist als existierend zu betrachten. Für den Wachdienst bestimmen.«
Ohne ihn weiter anzusehen, überließ er den ganz in sich zusammengesunkenen Kommandeur seinem Schicksal, richtete sich stramm auf und ging davon.

V

Leutnant Sinjuchajew war ein ganz armer Leutnant. Sein Vater war Arzt bei Baron Araktschejew. Zur Belohnung für die Pillen, die seine Kraft wiederherstellten, hatte der Baron den Arztsohn in aller Stille in ein Regiment gesteckt. Das geradlinige und beschränkte Wesen des Sohnes gefiel dem Baron. Der junge Mann stand mit keinem im Regiment vertraulich, mied aber auch die Kameraden nicht. Er war wenig gesprächig, rauchte gern, gab sich nicht mit Frauen ab und, was schon gar kein schneidiger Zeitvertreib für einen Offizier war, spielte mit Vergnügen die »Hoboe der Liebe«.

Seine Uniform war stets blitzblank.

Während der Regimentsbefehl vorgelesen wurde, stand Sinjuchajew wie gewöhnlich da, gespannt wie eine Saite, und dachte an gar nichts.

Plötzlich hörte er seinen Namen und zuckte mit den Ohren wie ein Pferd, wenn es durch die Peitsche aus seinen Gedanken aufgescheucht wird.

»Der an hitzigem Fieber verstorbene Leutnant Sinjuchajew wird als aus dem Dienst ausgeschieden betrachtet.«

Unwillkürlich schaute der Kommandeur nach dem Platz, wo Sinjuchajew immer stand. Seine Hand mit dem Papierbogen fiel herunter. Denn Sinjuchajew stand da wie immer. Doch der Kommandeur las den Befehl weiter, wenn auch nicht mehr so deutlich; er las, was da von Saber, Stieven, Rybin, Asantschejew stand, alles bis zum Schluß. Der Vorbeimarsch begann. Sinjuchajew hätte zusammen mit den anderen die Bewegungen mitmachen sollen. Doch er blieb auf seinem Platz.

Er war es gewöhnt, die Worte eines Befehls als etwas ganz Besonderes aufzunehmen, was nichts mit der menschlichen Sprache gemeinsam hatte. Sie hatten weder Sinn noch Bedeutung, sondern eigenes Leben, eigene Macht. Es handelte sich nicht darum, ob der Befehl befolgt wurde oder nicht. Der Befehl veränderte Regimenter, Straßen, Menschen, auch wenn er nicht befolgt wurde.

Als ihn die Worte des Regimentsbefehls erreicht hatten, war er wie angewurzelt stehengeblieben, wie ein Mensch, der schlecht gehört hatte. Er nahm sich die Worte immer wieder vor. Dann hörte er auf zu zweifeln. Der Befehl hatte von ihm gesprochen. Und als seine Kolonne sich in Bewegung setzte, fing er an zu zweifeln, ob er noch lebe.

Da er seine Hand, die am Degengriff lag, den Druck des Portepeeriemens, die Schwere des am Morgen eingefetteten Zopfes spürte, glaubte er am Leben zu sein; aber er wußte dennoch, daß hier etwas nicht mehr stimmte, daß hier irgend etwas unwiderruflich verdorben war. Es fiel ihm gar nicht ein, den Befehl als Irrtum anzusehen. Im Gegenteil, es schien ihm, als wäre sein Leben ein Irrtum, ein Mißverständnis. Aus Nachlässigkeit hatte er irgend etwas übersehen, irgend etwas zu melden unterlassen.

Wie dem auch war, er störte die Übungen dadurch, daß er wie versteinert auf dem Exerzierplatz stand. Aber er dachte nicht daran, sich zu rühren.

Sobald der Vorbeimarsch zu Ende war, fiel der Kommandeur wie rasend über den Leutnant her. Er war ganz rot im Gesicht. Ein wahres Glück, daß der Kaiser, der zur Erholung in Pawlowsk weilte, wegen der Hitze dem Vorbeimarsch ferngeblieben war. »Zur Wache!« wollte der Kommandeur losdonnern. Doch sein Zorn suchte nach schallenderen Lauten. Beinahe hätte er dröhnend und rollend »Arrest!« gebrüllt, aber sein Mund schloß sich plötzlich, als hätte er zufällig eine Fliege geschnappt. So stand der Kommandeur zwei Minuten lang vor dem Leutnant Sinjuchajew.

Dann prallte er vor ihm wie vor einem Pestkranken zurück und ging seiner Wege.
Er hatte sich erinnert, daß der Leutnant Sinjuchajew als Verstorbener aus dem Dienst ausgeschieden war, und wußte nicht, was man zu einem solchen Menschen sagen sollte.

VI

Paul Petrowitsch wanderte durch sein Zimmer und blieb hie und da stehen.
Er lauschte.
Seitdem der Kaiser in staubigen Stiefeln und im Regenmantel durch den Saal, in dem seine Mutter noch röchelte, gegangen war und die Tür knallend hinter sich zugeschlagen hatte, wußte man: der große Zorn wurde zum gewaltigen Zorn, und der gewaltige Zorn ging nach einem oder zwei Tagen in Angst oder Rührung über.
Die Gärten von Pawlowsk und die Chimären an den Treppen hatte der wilde Brenna geschaffen. Die Plafonds und die Wände stammten aber von Cameron, dem Liebhaber zarter, hinsterbender Farben. Auf der einen Seite die gefletschten Mäuler der sich aufbäumenden, menschenähnlichen Löwen, auf der anderen die äußerste Verfeinerung des Gefühls.
Außerdem hingen im Palaissaal von Pawlowsk zwei Laternen, ein Geschenk des kürzlich enthaupteten Ludwigs XVI. Dieses Geschenk hatte Paul noch in Frankreich erhalten, als er unter dem Namen eines Fürsten Sewerny reiste.

Die Laternen waren von unübertrefflicher Qualität und milderten das Licht.

Aber Paul Petrowitsch vermied es, sie anzuzünden.

Auch eine Uhr stand da auf dem Jaspistisch, ein Geschenk Marie Antoinettes. Der Stundenzeiger stellte einen goldenen Saturn mit der Sense dar, der Sekundenzeiger einen Amor mit dem Pfeil.

Wenn die Uhr Mittag und Mitternacht schlug, verdeckte der Saturn mit seiner Sense den Pfeil des Amors. Das bedeutete: die Zeit besiegt die Liebe.

Die Uhr wurde niemals aufgezogen.

In den Gärten war Brenna, an den Wänden Cameron, und über dem Kopf in dem leeren Raum unter der Decke baumelten die Laternen Ludwigs XVI.

Wenn er den gewaltigen Zorn hatte, bekam Paul Petrowitsch eine gewisse Ähnlichkeit mit einem der Brenna-Löwen.

Während unter blauem Himmel auf ganze Regimenter Stockhiebe niederprasselten, wurden am Don in dunkler Nacht bei Fackelschein Köpfe abgehauen, und irgendwelche Soldaten, Schreiber, Leutnants, Generäle und Generalgouverneure mußten zu Fuß nach Sibirien wandern.

Die Thronusurpatorin, seine Mutter, war tot.

Den Potemkinschen Geist hatte er ausgetrieben wie Iwan der Schreckliche vor Zeiten den Bojarengeist. Potemkins Gebeine hatte er in alle Winde zerstreut und sein Grab dem Erdboden gleichgemacht. Selbst den erlesenen Geschmack seiner Mutter hatte er vernichtet. Diesen Geschmack einer Usurpatorin! Dieses Gold, dieses mit indischer Seide tapezierte Zimmer, das Zimmer mit chinesischem Porzellan, mit holländischen Öfen, das Zimmer aus blauem Glas, die Tabatiere!* Die reinste Zirkusbude! Sie hatte mit ihren römischen und griechischen Medaillen geprahlt. Er ließ sie zur Vergoldung seines Schlosses verwenden!
Dennoch war ein gewisser Geruch, ein gewisser Beigeschmack haftengeblieben.
Diesen Geruch entdeckte Paul Petrowitsch überall, und deshalb hatte er die Angewohnheit, die Menschen zu beschnüffeln.
Über seinem Kopf aber baumelte, wie am Galgen, das Geschenk aus Frankreich.
Das Entsetzen kam, der Kaiser fand keine Luft. Er fürchtete weder seine Frau noch seine älteren Söhne, obwohl jeder von ihnen in Erinnerung an die fröhliche Großmutter und Schwiegermutter

* Das luxuriös ausgestattete, intime Kabinett der Kaiserin Katharina II. [Anm. d. Übers.]

ihn mit einer Gabel erstechen und den Thron besteigen konnte.
Er fürchtete auch nicht die verdächtig-fröhlichen Minister und die verdächtig-düsteren Generäle. Er fürchtete auch keinen von dem Fünfzigmillionengesindel, das die Hügel, die Sümpfe, den Sand und die Felder seines Reiches bewohnte, und das er sich gar nicht vorstellen konnte. Er fürchtete keinen von ihnen, jeden einzeln genommen. Doch das Ganze war wie ein Meer, in dem er versank.
Deshalb befahl er, um sein Petersburger Schloß Gräben auszuwerfen und die Zugbrücke hochzuziehen. Aber auch die Ketten der Zugbrücke waren nicht sicher; sie wurden von Menschen bewacht.
Und wenn der gewaltige Zorn zu gewaltiger Angst wurde, dann begann die Arbeit der Kanzlei für Kriminalangelegenheiten; dann wurden manche an den Händen hochgezogen, und unter manchen versank der Fußboden, während unten die Folterknechte warteten.
Deshalb sah man sich voller Entsetzen an und verlor jede Lust zu lächeln, wenn man aus dem kaiserlichen Gemach bald trippelnde, bald langsame, bald stolpernde Schritte vernahm.
Jetzt herrscht im Zimmer die gewaltige Angst.
Der Kaiser geht auf und ab.

VII

Leutnant Sinjuchajew stand noch immer an der Stelle, wo der Kommandeur über ihn hatte herfallen wollen, aber wie angewurzelt stehengeblieben war.

Kein Mensch war mehr da.

Nach den Übungen lockerte er gewöhnlich seinen Körper, die stramme Haltung, die Hände und ging mit befreitem Schritt in die Kaserne. Jedes Glied seines Körpers fühlte sich frei und wurde zivil.

Zu Hause, in der Offizierskaserne, öffnete er dann gewöhnlich seinen Rock und spielte auf der »Hoboe der Liebe«. Dann stopfte er sich die Pfeife und schaute aus dem Fenster. Er sah da einen großen Strauch des niedergelegten Sommergartens, an dessen Stelle jetzt eine Wüste war, dic man Troitzin-Feld nannte. Auf dem großen Felde gab es keine Abwechslung, kein Grün, nur Soldaten- und Pferdespuren im Sande. Das Rauchen machte ihm bis in all seine Einzelheiten Spaß; das Füllen, das Stopfen, das Einatmen, der Rauch. Wer rauchte, dem ging es niemals schlecht. Das füllte die Zeit aus bis zum Abend, wo er zu Kameraden oder spazierenging. Er liebte die Höflichkeit des

einfachen Volkes. Einmal, als er nieste, sagte ein Kleinbürger zu ihm: »Vergelt's Gott!«
Vor dem Schlafengehen spielte er mit seinem Burschen das in Mode gekommene Spiel: Karten. Er brachte seinem Burschen das Contrespiel bei, und wenn der Bursche verlor, schlug er ihm mit den Karten auf die Nase; wenn er selber verlor, dann schlug er den Burschen nicht. Nach dem Spiel untersuchte er die vom Burschen geputzte Uniform, brannte sich selber das Haar, fettete es ein, flocht es zu einem Zopf und legte sich dann schlafen...
Jetzt aber hatte er seinen Körper nicht gelockert. Die Muskeln blieben gespannt. Der Atem kam unhörbar von seinen fest geschlossenen Lippen. Er betrachtete den Exerzierplatz; der schien ihm ganz unbekannt. Jedenfalls hatte er bisher noch nie das Gesimse an den Fenstern des roten fiskalischen Gebäudes und die trüben Scheiben bemerkt.
Die runden Pflastersteine sahen einander gar nicht ähnlich; sie waren wie ganz verschiedene Brüder. In peinlichster Ordnung zurechtgemacht, lag das graue, soldatische Sankt Petersburg da, diese ihm ganz unbekannte Stadt mit ihren Wüsten und Flüssen, mit den trüben Augen ihres Pflasters.
Jetzt wurde es ihm klar, daß er tot war.

VIII

Paul Petrowitsch hörte den Schritt des Adjutanten; wie eine Katze schlich er sich zum Sessel, der hinter dem gläsernen Wandschirm stand, und setzte sich so tief hinein, als hätte er die ganze Zeit darin gesessen.
Jede Person seiner Umgebung erkannte er am Schritt.
Auch wenn er ihnen den Rücken zukehrte, unterschied er das Scharren der Selbstsicheren, das Hüpfen der Schmeichler, den leichten, luftigen Schritt der Eingeschüchterten. Einfache Schritte hörte er nie.
Dieses Mal klang der Schritt des Adjutanten sicher. Er scharrte leicht mit den Füßen. Paul Petrowitsch drehte ihm den Kopf halb zu.
Der Adjutant kam bis an den Wandschirm heran und neigte den Kopf.
»Majestät, ›Hilfe!‹ hat der Sekondeleutnant Saber geschrien.«
»Wer ist das?«
Diese Frage hatte der Adjutant nicht erwartet. Er trat einen Schritt zurück.
»Der Sekondeleutnant, der für den Wachdienst bestimmt ist, Majestät.«

»Warum hat er geschrien?« – Der Kaiser stampfte mit dem Fuß.

»Ich warte auf Antwort!«

Der Adjutant schwieg.

»Wegen eines Mißverständnisses«, stammelte er dann.

»Untersuchung einleiten, auspeitschen und zu Fuß nach Sibirien!«

IX

So begann das Leben des Sekondeleutnants Saber.

Als der Schreiber den Befehl abschrieb, war Sekondeleutnant Saber ein Schreibfehler, ein Schnitzer, sonst nichts. Er hätte ganz unbemerkt bleiben und in dem Ozean von Papier versinken können. Da der Befehl im übrigen ganz uninteressant war, hätten spätere Historiker wohl kaum Veranlassung gehabt, sich mit diesem Schnitzer zu befassen.

Pauls giftiges Auge hatte diesen Schnitzer aufgegriffen und ihm zu zweifelhaftem Leben verholfen. Der Schreibfehler war zum Sekondeleutnant geworden, ohne Gestalt, mit einem Namen.

In dem verworrenen Geist des Adjutanten hatte er auch ein Gesicht bekommen, ein undeutlich schimmerndes Traumgesicht. Der Sekondeleutnant war es, der vor dem Palaisfenster »Hilfe!« geschrien hatte.

Jetzt nahm das Gesicht feste Umrisse an: der Sekondeleutnant war ein Verbrecher, der zum Foltergalgen oder bestenfalls zur Peitschbank und zu Sibirien verurteilt war. Das war bereits Wirklichkeit.

Bis dahin hatte der Sekondeleutnant nur in der Unruhe des Schreibers gelebt, in der Fassungslosigkeit des Kommandeurs und der Spitzfindigkeit des Adjutanten.
Von nun an waren das Auspeitschen und die Wanderung nach Sibirien seine eigensten Privatangelegenheiten.
Der Befehl mußte ausgeführt werden. Der Sekondeleutnant Saber mußte aus dem Kompetenzbereich der Militärinstanzen ausscheiden, zu den Justizinstanzen übergehen und dann den »grünen Weg« nach Sibirien antreten.
So geschah es auch.
Vor dem Regiment, zu dem der Sekondeleutnant gehörte, vor versammelter Mannschaft, rief der Kommandeur den Namen des Sekondeleutnants Saber. Seine Stimme war so laut, wie sie nur dann bei Menschen ist, wenn sie sich verloren fühlen.
Abseits stand die Peitschbank bereit, und zwei Gardisten peitschten los, am Kopf- und am Fußende. Zwei weitere Gardisten, die zu beiden Seiten standen, ließen ihre siebenfach geflochtenen Peitschen auf das glatte Holz niedersausen. Ein Gardist zählte. Das Regiment schaute zu.
Und da das Holz von Tausenden von Leibern glatt gewetzt war, schien die Peitschbank gar nicht leer zu sein. Kein Mensch lag darauf, und

dennoch schien es, als wäre sie nicht leer. Die Soldaten standen da mit finsteren Augenbrauen und sahen auf die stumme Peitschbank. Gegen Ende der Exekution wurde der Kommandeur ganz rot, und seine Nüstern blähten sich, wie immer bei solchen Gelegenheiten.

Dann wurden die Riemen losgemacht, und es war, als ob da Schultern auf der Peitschbank frei geworden wären. Zwei Gardisten traten an die Bank heran und warteten auf das Kommando.

Dann verließen sie mit gleichmäßigem Schritt den Exerzierplatz, die Gewehre übergehängt, und gingen durch die Straßen. Ab und zu warfen sie einen schrägen Blick, aber nicht aufeinander, sondern auf den leeren Raum zwischen ihnen.

In dem Regiment gab es einen jungen Soldaten; er war erst vor kurzem eingerückt. Mit Interesse hatte er der Exekution zugesehen. Er hielt das alles für etwas ganz Übliches und dachte, das gäbe es beim Militär in einem fort.

Abends aber auf seiner Schlafpritsche wälzte er sich hin und her und fragte ganz leise den alten Gardisten, der neben ihm lag: »Onkel, wer ist bei uns Kaiser?«

»Paul Petrowitsch, Dummkopf!« sagte der erschrockene Alte.

»Hast du ihn gesehen?«

»Ja«, brummte der Alte. »Auch du wirst ihn sehen.«

Sie schwiegen. Aber der alte Soldat konnte nicht einschlafen. Er wälzte sich in einem fort. Zehn Minuten vergingen.

»Warum hast du gefragt?« nahm der Alte das Gespräch wieder auf.

»Ich weiß nicht«, antwortete der Junge. »Man sagt immer der Kaiser, aber wer das ist, weiß man nicht. Man erzählt...«

»Dummkopf«, unterbrach ihn der Alte und schaute sich nach allen Seiten um. »Halt's Maul, du Bauerntölpel!«

Weitere zehn Minuten vergingen. In der Kaserne war es dunkel und still.

»Der Kaiser, den man uns zeigt«, sagte der Alte dem Jungen ins Ohr, »ist vertauscht.«

X

Leutnant Sinjuchajew betrachtete aufmerksam das Zimmer, in dem er bis zum heutigen Tage gewohnt hatte.

Es war ein geräumiges Zimmer mit niedriger Decke. An der Wand das Bild eines Mannes in mittleren Jahren mit Brille und einem kleinen Zopf: der Vater des Leutnants Sinjuchajew.

Der Vater lebte in Gatschina, aber während der Leutnant das Bild betrachtete, war er sich dessen nicht ganz sicher. Vielleicht lebte er, vielleicht auch nicht. Einer direkten Antwort wich Sinjuchajew aus.

Dann sah er die Sachen an, die dem Leutnant Sinjuchajew gehört hatten: die »Hoboe der Liebe« im Holzfutteral, die Brennschere, die Puderdose, die Streusandbüchse – alle diese Sachen sahen ihn an. Er wandte den Blick ab.

So stand er mitten im Zimmer und wartete auf etwas. Auf den Burschen wartete er wohl kaum.

Aber gerade der Bursche trat vorsichtig ins Zimmer und blieb vor dem Leutnant stehen. Den Mund halb geöffnet und den Leutnant anstarrend, so stand er da.

Wahrscheinlich hatte er in Erwartung der Befehle immer so dagestanden; der Leutnant aber glaubte, ihn zum ersten Male so zu sehen; er ging schnell hinaus und schloß vorsichtig die Tür.
Vorläufig mußte er seinen Tod verheimlichen wie ein Verbrechen.
Die ganze Nacht wanderte er durch die Straßen von Sankt Petersburg, ohne auch nur den Versuch zu machen, irgendwo unterzukommen. Gegen Morgen wurde er müde und setzte sich auf die Erde vor irgendein Haus. Er schlummerte einige Minuten, sprang dann plötzlich auf und ging weiter, ohne nach rechts oder links zu schauen.
Bald war er außerhalb der Stadt. Der schläfrige Torschreiber vor dem Schlagbaum schrieb zerstreut seinen Namen auf.
Er kehrte nicht mehr in die Kaserne zurück.

XI

Der Adjutant war schlau und sagte keinem Menschen etwas von dem Sekondeleutnant Saber und dem gelungenen Streich. Wie jeder Mensch, hatte auch er seine Feinde. Deshalb verriet er nur diesem oder jenem, daß der Mann, der »Hilfe!« geschrien hatte, gefunden worden war.

In den Frauengemächern des Palais war die Wirkung höchst sonderbar.

An das Palais, erbaut von Cameron, mit Säulen so dünn wie Finger, die auf Klaviertasten greifen, hatte Brenna vorn zwei Flügel angebaut, rund wie die Pfoten einer mit der Maus spielenden Katze. In einem dieser Flügel führte Fräulein Nelidowa mit ihrem Hofstaat ihr jungfräuliches Leben.

Oft eilte Paul Petrowitsch schuldbewußt an den Wachen vorbei in diesen Flügel, und einmal sahen die Wachposten, wie der Kaiser mit schief gerutschter Perücke wieder herausrannte und über seinen Kopf ein ihm nachgesandtes Frauenpantöffelchen hinsauste.

Obwohl die Nelidowa nur ein Hoffräulein war, hatte sie selber ihre eigenen Fräulein.

Und als man in den Frauengemächern erfuhr, daß der Mann, der »Hilfe!« gerufen hatte, gefaßt wor-

den war, fiel eins der Fräulein in eine kurze Ohnmacht.
Das Fräulein war schlank und hatte einen Lockenkopf wie ein Schäfer. Genau wie die Nelidowa.
Unter Großmutter Elisabeth hatten die Fräulein klirrenden Brokat und knisternde Seide getragen, aus denen die Brustwarzen schüchtern hervorlugten. So war damals die Mode.
Die Amazonen, die gern Herrenkleidung und Sterne an den Brustwarzen trugen, waren zusammen mit der Thronusurpatorin verschwunden.
Jetzt waren die Fräulein zierliche Schäfer mit Lockenköpfen.
Eine von ihnen brach also zu kurzer Ohnmacht zusammen.
Ihre Herrin hob sie vom Boden auf. Aus der Ohnmacht erwacht, erzählte sie: sie habe um jene Stunde ein Stelldichein mit einem verliebten Offizier gehabt, sei aber in der oberen Etage aufgehalten worden. Als sie zum Fenster hinaussah, habe sie plötzlich den liebeglühenden Offizier bemerkt, wie er ihr, jede Vorsicht vergessend und vielleicht auch gar nicht ahnend, daß der Kaiser am Fenster stand, Zeichen machte.
Sie winkte ihm ab und machte entsetzte Augen.
Der Liebhaber deutete dies, sie sei seiner überdrüssig geworden, und schrie klagend: »Hilfe!«
Sie verlor aber nicht ihre Geistesgegenwart,

drückte mit den Fingern die Nase platt und zeigte nach unten. Als der Offizier die platte Nase* sah, bekam er einen Schreck und verschwand.

Sie sah ihn nie mehr wieder. Es war ein flüchtiges Liebesabenteuer, das erst am Tage vorher eingefädelt worden war.

Nun hatte man ihn also entdeckt und nach Sibirien verbannt.

Die Nelidowa dachte nach.

Ihr Einfluß war im Schwinden, wenn sie sich das auch nicht eingestehen wollte. Sie konnte ihr Pantöffelchen nicht mehr sausen lassen.

Zu dem Adjutanten stand sie in kühlen Beziehungen und wollte sich nicht an ihn wenden. Die Verfassung des Kaisers war sehr fraglich. In solchen Fällen pflegte sie sich an eine Zivilperson zu wenden, die aber sehr mächtig war, an Juri Alexandrowitsch Neledinski-Melezki.

Das tat sie auch dieses Mal und schickte den Kammerlakaien mit einem Zettel zu ihm.

Der Riesenkerl von einem Lakaien, der solche Zettel nicht zum erstenmal hinbrachte, wunderte sich stets über die Unansehnlichkeit des mächtigen Mannes. Melezki war Sänger und Staatssekretär. Er sang von den murmelnden Bächlein und hatte eine wollüstige Vorliebe für kleine

* Kaiser Paul hatte eine platte Nase [Anm. d. Übers.]

Schäferinnen. Er war klein, hatte ein süßes Mündchen und buschige Augenbrauen. Doch er war ein großer Schlaumeier und sagte, während er zu dem breitschultrigen Lakaien hinaufblickte: »Bestelle, man soll sich nicht echauffieren. Man soll warten. Alles andere wird sich finden.« Aber er hatte selber etwas Angst. Er wußte gar nicht, wie sich das alles finden sollte, und als eine seiner jungen Schäferinnen, die früher Awdotja, jetzt aber Célimène genannt wurde, den Kopf durch die Tür steckte, zog er wütend die Augenbrauen zusammen. Das Hofgesinde Juri Alexandrowitschs bestand zum größten Teil aus jungen Schäferinnen.

XII

Die Wachsoldaten gingen unaufhörlich weiter. Von einem Schlagbaum zum anderen, von einer Festung zur anderen. Sie gingen immer geradeaus und warfen ab und zu einen furchtsamen Blick auf den wichtigen leeren Raum, der zwischen ihnen mitging.

Es war nicht das erstemal, daß sie einen Verbannten nach Sibirien brachten, aber einen solchen Verbrecher hatten sie noch nie erlebt. Als sie außerhalb der Stadt waren, kamen ihnen Zweifel. Sie hörten keine Ketten klirren und brauchten nicht mit dem Kolben nachzuhelfen. Bald aber überlegten sie sich die Sache und dachten, daß das eine Staatsangelegenheit wäre und sie ein Papier bei sich hätten. Sie sprachen wenig, es war verboten.

Der Aufseher der ersten Etappe behandelte sie wie Verrückte, und sie wurden unsicher. Doch der ältere Soldat zeigte das Papier vor, in dem es hieß, daß das ein geheimer Arrestant sei, der keine Gestalt habe. Da wurde der Aufseher äußerst geschäftig und stellte ihnen für die Nacht eine besondere Kammer mit drei Pritschen zur Verfügung. Er vermied es, mit ihnen zu sprechen, und entwickelte so viel Eifer, daß die Begleitsoldaten unwillkürlich ihre eigene Bedeutung spürten.

Auf der zweiten großen Etappenstation kamen sie schon ganz sicher, schweigsam und würdevoll an, und der Ältere warf einfach sein Papier auf den Kommandanturtisch hin. Auch hier entwickelte der Aufseher großen Eifer und bemühte sich genau so um sie wie der erste.

Allmählich begriffen sie, daß dies ein wichtiger Verbrecher war, den sie da begleiteten.

Sie gewöhnten sich allmählich an ihn, und wenn sie von ihm sprachen, pflegten sie »er« oder auch »es« zu sagen.

So gelangten sie in das tiefste Innere des russischen Reiches, immer derselben geraden und festgestampften Wladimirstraße folgend.

Und fortwährend änderte sich der leere Zwischenraum, der mit ihnen ging; bald war es Wind, bald Staub, bald die müdgehetzte Spätsommerhitze, die sich kaum auf den Füßen halten konnte.

XIII

Unterdessen folgte ihnen auf derselben Wladimirstraße, von einem Schlagbaum zum anderen, von einer Festung zur anderen, ein wichtiger Befehl.

Juri Alexandrowitsch Neledinski-Melezki hatte gesagt: »Warten!« Und er hatte recht gehabt.

Denn Paul Petrowitschs gewaltiger Zorn ging allmählich in Mitleid mit sich selber und in Rührung über.

Der Kaiser kehrte den tierähnlichen Sträuchern Brennas den Rücken, und nachdem er eine Weile im luftleeren Raum umhergewandert war, wandte er sich dem verfeinerten Gefühl Camerons zu.

Alle Gouverneure und Generäle hatte er klein gekriegt und sie auf ihre Landgüter verbannt, wo sie nun sitzen mußten. So hatte er handeln müssen. Aber was nun? Eine riesige Leere tat sich um ihn auf.

Er ließ einen Kasten für Klagen und Bittschriften an seinem Palais anbringen; er und kein anderer war ja doch Vater des Vaterlandes. Zuerst blieb der Kasten leer, und das betrübte ihn, denn das Vaterland sollte doch zu seinem Vater sprechen.

Dann fand man in dem Kasten einen heimlich eingeschmuggelten Brief, in dem er »plattnasiges Väterchen« genannt und beschimpft wurde.
Er sah sich im Spiegel an.
»Plattnasig, meine Lieben, wirklich plattnasig?« sagte er heiser und befahl, den Kasten abzunehmen.
Er machte eine Reise durch dieses sonderbare Vaterland. Er jagte den Gouverneur nach Sibirien, der es gewagt hatte, in seinem Gouvernement eine neue Brücke anzulegen. Seine Reise war nicht wie die seiner Mutter; er sah alles, wie es war, nichts wurde für ihn zurechtgemacht. Aber das Vaterland blieb stumm. An der Wolga versammelten sich einmal Bauern um ihn. Er schickte einen Bauernburschen, um etwas Wasser mitten aus dem Fluß zu holen. Er wollte sauberes Wasser trinken.
Er trank das Wasser und sagte heiser zu den Bauern: »Ich trinke euer Wasser. Was ist da viel zu gaffen?«
Und es wurde leer um ihn.
Er machte keine Reisen mehr, und statt des Kastens stellte er allenthalben kräftige Wachsoldaten auf, doch er wußte nicht, ob sie zuverlässig waren; er wußte nicht, vor wem man sich zu fürchten hatte.
Ringsum Verrat und Leere.

Er fand das Geheimnis, diesen Verrat und diese Leere abzuschaffen; er führte peinlichste Genauigkeit und absolute Unterordnung ein. Die Kanzleien kamen in Schwung. Es hieß zwar, er beanspruche nur die ausführende Gewalt für sich. Aber irgendwie kam es dennoch so, daß die ausführende Gewalt alle Kanzleien durcheinander brachte und daß deshalb überall Verrat, Leere und hinterlistige Betriebsamkeit herrschten. Er kam sich wie ein zufälliger Schwimmer vor, der aus den wütenden Wellen die leeren Hände emporstreckt – einen solchen Kupferstich hatte er einmal gesehen – wie ein zufälliger Schwimmer, den das Meer ausgespien hat. Und doch war er nach vielen Jahren der erste gesetzmäßige Selbstherrscher.

Ihn quälte der Wunsch, sich auf die Autorität seines Vaters zu stützen, wenn der auch tot war. Er ließ das Grab des mit einer Gabel erstochenen deutschen Trottels, der als sein Vater galt, öffnen und stellte den Sarg neben den der Thronusurpatorin. Doch er tat das nur aus Rache gegen die tote Mutter, bei deren Lebzeiten er sich jeden Augenblick wie ein zum Tode Verurteilter vorgekommen war.

War sie denn auch tatsächlich seine Mutter?

Einige unbestimmte Gerüchte über den Skandal seiner Geburt waren auch ihm zu Ohren gekommen.

Er hatte keine Ahnen, nicht einmal einen toten Vater, eine tote Mutter.

Über das alles dachte er niemals nach. Wer ihn solcher Gedanken verdächtigt hätte, den hätte er vor ein Kanonenrohr binden und in die Luft blasen lassen.

In solchen Augenblicken der Rührung machte er sogar kleine Streiche und liebte die Schweizer Häuschen seines Trianons. Er wurde direkt zum Naturfreund und sehnte sich nach allgemeiner Liebe oder wenigstens nach der Liebe eines einzelnen Menschen.

Wie ein Anfall kam es über ihn, und dann wurde Grobheit als Offenherzigkeit, Dummheit als Geradlinigkeit, Hinterlist als Güte betrachtet, und der türkische Bursche, der ihm die Stiefel wichste, zum Grafen ernannt.

Juri Alexandrowitsch witterte mit seiner feinen Spürnase den Stimmungsumschlag stets voraus.

Diesmal hatte er eine ganze Woche gewartet und dann den Stimmungsumschlag gewittert.

Mit leisen, aber fröhlichen Schritten drehte er sich um den gläsernen Wandschirm herum und erzählte plötzlich unter der Maske der Einfalt dem Kaiser alles, was er von dem Sekondeleutnant Saber wußte, ausgenommen das mit der platten Nase.

Da brach der Kaiser in ein so bellendes, hündisches, heiseres, keuchendes Lachen aus, als ob er damit jemanden erschießen wolle.
Juri Alexandrowitsch wurde unruhig.
Er hatte der Nelidowa, deren Hausfreund er war, gefällig sein und ihr gleichzeitig seine volle Bedeutung vor Augen führen wollen, denn ein damals oft gebrauchtes deutsches Sprichwort sagte: Umsonst ist nur der Tod. Aber ein derartiges Lachen konnte ihn, Juri Alexandrowitsch, in eine schiefe Lage, ja, es konnte ihm sogar den Untergang bringen.
Am Ende bedeutete dieses Lachen Entrüstung? Aber nein, der Kaiser war ganz entkräftet von dem Lachen. Er streckte die Hand nach der Feder aus, und Juri Alexandrowitsch, der sich auf die Zehenspitzen hob, konnte der kaiserlichen Hand mit den Augen folgen: »Der nach Sibirien verbannte Sekondeleutnant Saber ist zurückzubringen, zum Leutnant zu ernennen und mit dem bewußten Fräulein zu verheiraten.«
Als er das geschrieben hatte, ging der Kaiser verzückt durch das Zimmer. Er klatschte in die Hände und sang sein Lieblingslied, wobei er leicht mit den Füßen stampfte:

»Tannenwäldchen, du mein Tannenwäldchen,
Du mein süßes Birkenwäldchen...«

Und Juri Alexandrowitsch fiel mit dünner und ganz leiser Stimme ein: »Lulilein-Luli.«

XIV

Ein gebissener Hund läuft ins Feld, um sich mit bitteren Gräsern zu kurieren.

Der Leutnant Sinjuchajew ging zu Fuß von Sankt Petersburg nach Gatschina. Er ging zu seinem Vater. Nicht um Hilfe zu suchen, sondern einfach so. Vielleicht wollte er auch nachprüfen, ob sein Vater in Gatschina noch existiere oder nicht. Den Gruß des Vaters erwiderte er nicht. Er sah sich bloß einmal um und machte Anstalten, wieder davonzugehen, wie ein Mensch, der verlegen ist oder sich ziert.

Doch der Arzt, der die Schäden an des Sohnes Kleidung entdeckte, ließ ihn Platz nehmen und begann ihn auszufragen: »Hast du im Kartenspiel verloren oder dich im Dienst vergangen?«

»Ich lebe nicht«, sagte der Leutnant.

Der Arzt prüfte seinen Puls, sprach etwas von Blutegeln und fuhr fort mit dem Ausfragen.

Als er von dem Fehltritt seines Sohnes erfuhr, kam er in große Aufregung und schrieb eine ganze Stunde lang an einem Bittgesuch. Er ließ den Sohn unterschreiben und ging am nächsten Tag zu Baron Araktschejew, um es ihm zusammen mit dem Tagesrapport zu überreichen. Den Sohn zu Hause zu behalten, getraute er sich jedoch nicht. Er legte ihn ins Hospital und hängte über sein Bett eine Tafel mit der Aufschrift: Mors occasionalis – zufälliger Tod.

XV

Die Staatsraison ließ dem Baron Araktschejew keine Ruhe.
Deshalb war sein Charakter schwer zu bestimmen, er war unfaßbar. Der Baron war nicht rachsüchtig, manchmal war er sogar weichherzig. Wenn man ihm eine traurige Geschichte erzählte, kamen ihm Tränen wie einem Kind, und wenn er durch den Garten ging, gab er dem Gärtnermädchen einen Pfennig. Dann aber, wenn er merkte, daß die Wege nicht sauber gefegt waren, ließ er dasselbe Mädchen mit Ruten züchtigen. Nach der Exekution schenkte er dem Mädchen einen Groschen.
Er liebte die Sauberkeit. Sie war das Emblem seines Wesens. Er war nur zufrieden, wenn er etwas an der Sauberkeit und Ordnung auszusetzen hatte, und war insgeheim betrübt, wenn er keine Mängel fand. Statt frischen Braten aß er immer Gepökeltes.
Er war zerstreut wie ein Philosoph. Tatsächlich fanden auch deutsche Gelehrte eine Ähnlichkeit zwischen seinen Augen und denen des damals in Deutschland so bekannten Philosophen Kant; sie waren wässerig, von unbestimmter Farbe und verschleiert. Doch der Baron war beleidigt, als

man ihn auf diese Ähnlichkeit aufmerksam machte.
Er war geizig, aber er liebte es, zu glänzen und alles im besten Lichte zu zeigen. Deshalb kümmerte er sich um die kleinsten wirtschaftlichen Einzelheiten. Er beschäftigte sich eingehend mit all den Entwürfen für Kapellen, Orden, Heiligenbilder und Tafelschmuck. All die Kreise, Ellipsen und Geraden, die sich wie Schnüre verflochten und ein verwirrendes Gefüge ergaben, entzückten ihn. Gern betrog er seinen Besucher oder den Kaiser und täuschte Ahnungslosigkeit vor, wenn man ihn zu betrügen suchte. Aber natürlich war er selber nur schwer zu betrügen.
Er führte eine genaue Liste über die Sachen seiner Leibeigenen vom Kammerdiener bis zum jüngsten Kochjungen und prüfte die Hospitalinventarlisten stets nach.
Bei der Einrichtung des Hospitals, in dem der Vater des Leutnants Sinjuchajew angestellt war, hatte der Baron selber angegeben, wo die Betten, wo die Bänke, wo die Ordinationstischchen hinkommen, ja sogar welche Form die Gänsefedern zum Schreiben haben sollten. Sie sollten ganz glatt sein, das heißt ohne Bärtchen, genau wie der römische Calmus. Für eine Feder, die nicht glatt geschnitzt war, bekam der Arztgehilfe fünf Rutenstreiche.

Die Idee des römischen Staates ließ dem Baron Araktschejew keine Ruhe.
Deshalb hörte er den Arzt Sinjuchajew zerstreut an und wurde erst aufmerksam, als er das entgegengestreckte Gesuch las. Er gab dem Arzt einen strengen Verweis, weil das Gesuch undeutlich unterschrieben war.
Der Arzt entschuldigte seinen Sohn damit, daß dessen Hand gezittert habe.
»Aha, siehst du wohl«, sagte der Baron vergnügt, »die Hand zittert ihm!«
Er warf einen Blick auf den Arzt und fragte: »Wann ist der Tod eingetreten?«
»Am fünfzehnten Juni«, sagte der Arzt verdutzt.
»Am fünfzehnten Juni«, bemerkte der Baron überlegend, »am fünfzehnten Juni... Heute ist der siebzehnte«, meinte er plötzlich und starrte den Arzt an. »Wo war der Tote die zwei Tage?«
Er lächelte beim Anblick des verdutzten Arztes, warf einen sauren Blick auf das Gesuch und sagte: »So eine Unordnung! Leb wohl, mein Lieber. Geh!«

XVI

Der Sänger und Staatssekretär ging immer aufs Ganze. Er riskierte und gewann oft; er stellte alles im zartesten Lichte dar, ganz im Geschmack der Farben von Cameron; aber Gewinn wechselte mit Verlust ab, wie beim Kartenspiel.
Baron Araktschejew war von ganz anderer Art. Er riskierte nie etwas; er setzte sich nie für etwas ein. Im Gegenteil, in seinen Berichten an den Kaiser wies er auf die Mißbräuche hin: Hier sind sie! – und erbat die kaiserliche Meinung, wie sie abzustellen seien. Die Erniedrigung, die Melezki riskierte, nahm der Baron selber an sich vor. Dafür winkte ihm in der Ferne ein großer Gewinn, wie beim Pharaospiel.
Trocken meldete er dem Kaiser, daß der verstorbene Leutnant Sinjuchajew Gatschina erschienen und einem dortigen Hospital überwiesen sei. Er habe sich als lebend gemeldet und ein Gesuch um Wiederaufnahme in die Offiziersliste eingereicht. Das Gesuch folge anbei, und eine entsprechende Verfügung werde erbeten. Durch dieses Schreiben wollte er seine Unterwürfigkeit bezeugen, wie ein eifriger Kommis, der stets seinen Herrn fragen muß.

Die Antwort kam schnell, die Antwort auf das Gesuch und an Baron Araktschejew insbesondere.
Auf dem Gesuch stand folgender Beschluß:
»Das Gesuch des wegen Todesfalls aus den Offizierslisten gestrichenen Leutnants Sinjuchajew ist aus eben genannten Grunde abzulehnen.«
Baron Araktschejew bekam folgenden Zettel:

»Herr Baron Araktschejew!
Ich wundere mich, daß Sie ungeachtet Ihres Ranges als Oberst das Reglement nicht kennen und direkt an mich das Gesuch des verstorbenen Leutnants Sinjuchajew richten, der obendrein nicht einmal zu Ihrem Regiment gehört, welches Gesuch zuerst an die Kanzlei des Regiments, zu dem der Leutnant gehört, gerichtet werden sollte, und nicht direkt mich damit belästigen.
Im übrigen verbleibe ich Ihr wohlaffektionierter

Paul.«

Es stand nicht da: »Ihr stets wohlaffektionierter.«
Dem Baron Araktschejew kamen die Tränen. Verweise zu bekommen, das war für ihn bitterer als der Tod. Er begab sich persönlich ins Hospital und befahl, den verstorbenen Leutnant sofort

davonzujagen, ihm vorher Wäsche zu geben und ihm die Offizierskleidung laut Verzeichnis abzunehmen.

XVII

Als Leutnant Saber aus Sibirien zurückkehrte, wußten schon viele von ihm. Das war ja jener Sekondeleutnant, der zuerst bestraft und nach Sibirien verbannt, dann begnadigt und zum Leutnant befördert worden war. So bekam seine Existenz ganz bestimmte Formen.

Der Kommandeur fühlte keine Verlegenheit ihm gegenüber und bestimmte ihn bald zum Wachdienst, bald zum Tagesdienst. Wenn das Regiment in die Manöver marschierte, zog der Leutnant mit. Er war ein ordentlicher Offizier, ließ sich nie etwas zuschulden kommen.

Das Fräulein, dessen kurze Ohnmacht ihm das Leben gerettet hatte, freute sich anfangs, denn es hoffte nun, mit seinem zufälligen Liebhaber vereint zu werden. Sie klebte sich eine Fliege auf die Wange und zog das Korsett, das nicht mehr zusammengehen wollte, fester. Dann, in der Kirche, merkte sie, daß sie allein dastand, und daß der Adjutant die Trauungskrone über einem leeren Platz hochhielt. Schon wollte sie wieder in Ohnmacht fallen; da sie aber die Augen gesenkt hielt, merkte sie plötzlich den Umfang ihrer Taille und sah von der Ohnmacht ab. Die Heimlichkeit der Zeremonie, bei der der Bräutigam fehlte, gefiel manchem ganz ausnehmend.

Kurze Zeit danach bekam der Leutnant Saber einen Sohn, der ihm, wie es hieß, sehr ähnlich war.

Der Kaiser vergaß ihn. Er hatte viel zu tun.

Die blondlockige Nelidowa war abgesetzt. An ihre Stelle trat die schwarzhaarige Cagarina. Cameron, die Schweizer Häuschen, Brenna sogar, wurden vergessen. Ein peinlich geordneter Backsteinstapel – so lag das vierschrötige, soldatische Sankt Petersburg da. Der kriegerische Berserker Suworow, den der Kaiser zwar nicht liebte, aber wegen seiner früheren Konflikte mit Potemkin duldete, wurde in seiner ländlichen Einsamkeit gestört. Ein Feldzug stand bevor. Der Kaiser hatte viele Pläne. So viele, daß einer den anderen jagte. Paul Petrowitsch war inzwischen breit und untersetzt geworden. Sein Gesicht hatte die Farbe von rotem Ziegelstein bekommen. Dann wurde Suworow wieder aufs Land verbannt und starb. Der Kaiser lachte immer seltener.

Bei der Durchsicht der Regimentslisten stieß der Kaiser einmal auf den Namen des Leutnants Saber und ernannte ihn zum Kapitän. Beim nächsten Male wurde Saber Oberst. Saber war ein ordentlicher Offizier. Dann vergaß ihn der Kaiser wieder.

Das Leben des Obersten Saber verlief ganz unauffällig, und man hatte sich damit abgefunden. Zu Hause hatte er sein Arbeitszimmer, auch in der Kaserne hatte er sein eigenes Zimmer, manchmal brachte man dorthin Meldungen und Befehle und wunderte sich gar nicht über die Abwesenheit des Obersten.

Er kommandierte auch sein Regiment.

Am besten fühlte sich das Hoffräulein in dem riesigen, zweischläfrigen Bett. Ihr Mann avancierte, sie schlief bequem, der Sohn wuchs heran. Manchmal wärmte den Platz im Ehebett des Obersten irgendein Leutnant, irgendein Kapitän oder eine Zivilperson. Das geschah ja übrigens auch in den Betten der anderen Obersten von Sankt Petersburg, wenn sie auf einem Feldzug waren.

Einmal, als der Liebhaber ermüdet schlief, glaubte sie im Nebenzimmer ein Knarren zu hören. Das konnte nur der vertrocknete Fußboden sein. Doch im Nu rüttelte sie den Schlafenden wach, stieß ihn hinaus und warf ihm seine Kleider nach. Als sie zu sich kam, lachte sie über sich selber.

Doch auch das kam oft genug in den Schlafzimmern der anderen Obersten vor.

XVIII

Die Bauern rochen nach Wind, die Bauernweiber nach Rauch.

Der Leutnant Sinjuchajew schaute keinem Menschen direkt ins Gesicht, er unterschied die Menschen nach dem Geruch.

Nach dem Geruch suchte er sich seinen Schlafplatz und zog es vor, unter einem Baum zu übernachten, denn unter einem Baum machte der Regen weniger naß.

Er ging, ohne sich irgendwo aufzuhalten.

Er glitt durch die finnischen Dörfer wie ein flaches Steinchen, das, von einem Jungen geworfen, durch das Wasser gleitet, ohne irgendwo anzustoßen. Manche finnische Frau gab ihm Milch. Er trank im Stehen und glitt weiter. Die Kinder wurden still, und ihre Rotznasen glänzten weißlich. Die Dörfer schlossen sich hinter ihm.

Sein Gang hatte sich wenig verändert. Von dem vielen Wandern hatte er sich gelockert; doch dieser weichliche, unsichere, fast marionettenhafte Gang war immer noch der militärische Gang eines Offiziers.

Er fragte nicht nach der Richtung. Doch die ließ sich leicht bestimmen. Wenn er auch immer wieder abwich, wenn er auch immer wieder in Zickzacklinien irrte, die an die Blitze auf den Sintflutdarstellungen erinnerten, ging er doch immer im Kreise, und jeder neue Kreis war enger als der vorige. So verging ein Jahr, und als der Kreis so klein war wie ein Punkt, betrat er wieder Sankt Petersburg. Er ging durch die Stadt, von einem Ende bis zum anderen.

Dann machte er seinen Kreis durch die Stadt, immer wieder, und manchmal machte er wochenlang denselben Kreis. Er ging schnell, immer mit dem gleichen militärischen, gelockerten Schritt, bei dem die Beine und die Arme wie künstlich angeschraubt waren. Die Krämer haßten ihn. Wenn er durch den »Gostiny Dwor« ging, schrien sie ihm nach: »Komm gestern!« – »Verzieh dich!« Man sagte von ihm, daß er Unglück bringe, und wie auf Verabredung gaben ihm die Straßenverkäuferinnen jedesmal ein Weißbrot, um sich von seinem bösen Blick loszukaufen. Die Jungen, die zu allen Zeiten menschliche Schwächen herauszuspüren verstehen, liefen ihm nach und schrien: »Hampelmann!«

XIX

In Sankt Petersburg vor dem Palais Paul Petrowitschs schrien die Wachtposten ihre Meldung: »Der Kaiser schläft!«
Den Schrei wiederholten die Hellebardiere an den Straßenkreuzungen: »Der Kaiser schläft!«
Vor dem Schrei schlossen sich die Läden wie vor dem Wind, einer nach dem andern, und die Fußgänger verkrochen sich in ihre Häuser.
Der Schrei bedeutete Feierabend.
Auf dem Isaakplatz löschten die Bauernrudel in ihren groben Röcken die Rastfeuer aus, legten sich an Ort und Stelle auf die Erde schlafen und deckten sich mit ihrem Lumpenzeug zu.
Sobald die Wachsoldaten mit den Hellebarden geschrien hatten: »Der Kaiser schläft«, schliefen sie selber ein. In der Peter-Pauls-Festung ging die Wache auf und ab wie das Pendel einer Uhr. In einer Kneipe am Rande der Stadt saß ein versoffener Kerl mit einem Gürtel aus Lindenbast und trank mit einem Fuhrmann zusammen Wodka, den Zarenwein.
»Mit dem plattnasigen Väterchen ist's bald Schluß...«, sagte der Fuhrmann. »Ich habe vornehme Herrschaften gefahren...«

Die Brücke vor dem Schloß war hochgezogen, und Paul Petrowitsch schaute aus dem Fenster. Vorläufig war er sicher auf seiner Insel.
Vorläufig. Es gab da ein Getuschel, es gab da Blicke im Palais, die er verstand. Auf den Straßen warfen sich Passanten mit merkwürdigem Gesichtsausdruck vor seinem Pferd auf die Knie. Das hatte er so eingeführt. Aber die Menschen warfen sich in letzter Zeit ganz anders in den Straßenschmutz als sonst. Zu schnell warfen sie sich hin. Das Pferd war groß, und er schwankte im Sattel. Er hatte zu lange regiert. Das Schloß war nicht sicher genug, war zu geräumig. Er sollte ein kleineres Zimmer für sich nehmen. Aber er konnte es nicht tun, gewisse Menschen hätten das sofort gemerkt.
Man müßte sich in der Tabatiere verstecken, dachte der Kaiser, während er eine Prise nahm. Die Kerzen zündete er nicht an. Sonst kam man ihm auf die Spur. Er stand im Dunkel, bloß in der Unterwäsche. In Gedanken ging er seine Leute durch. Er gruppierte um, strich Bennigsen aus dem Gedächtnis, prägte sich Olsufjew ein.
Mit der Liste wollte es nicht klappen.
»Araktschejew ist dumm«, brummte er vor sich hin. »...vague incertitude, mit der er sich einzuschmeicheln sucht...«
An der Zugbrücke sah er den Wachposten.

»Man sollte...«, sagte Paul Petrowitsch nach alter Gewohnheit.

Er trommelte mit den Fingern auf der Tabakdose.

»Man sollte...«, er suchte sich an etwas zu erinnern, trommelte und unterbrach sich plötzlich.

Alles, was man hätte tun sollen, war schon längst getan, aber nichts genügte.

Man sollte Alexander Pawlowitsch* verhaften, dachte er wie aus Versehen und winkte mit der Hand ab.

»Man sollte...«

»Ja, was sollte man denn?«

Er legte sich hin und schlüpfte hastig unter die Decke, wie er alles hastig zu tun pflegte.

Er schlief fest.

Um sieben Uhr morgens erwachte er plötzlich wie von einem Ruck und erinnerte sich: man sollte einen einfachen, bescheidenen Menschen heranziehen, der einem alles verdankte und der alle anderen ersetzen könnte.

Und er schlief wieder ein.

* Pauls Sohn, Alexander I. [Anm. d. Übers.]

XX

Am nächsten Morgen sah Paul Petrowitsch die Befehle durch. Oberst Saber wurde plötzlich zum General befördert. Das war ein Oberst, der nie um ein Landgut bettelte, nie, an den Rockschößen irgendeines Onkels hängend, große Karriere machen wollte, kein Prahler, kein Großtuer. Ohne Murren, ohne Aufsehen machte er seinen Dienst.

Paul Petrowitsch forderte seine Personalpapiere ein.

Eins davon fesselte seine Aufmerksamkeit. Es ging unzweifelhaft aus ihm hervor, daß der Oberst, als er Sekondeleutnant war, nach Sibirien verbannt wurde, weil er unter dem kaiserlichen Fenster »Hilfe!« geschrien hatte. Wie im Nebel kam dem Kaiser die Erinnerung, und er lächelte. Es war irgendeine leichte Liebesgeschichte.

Wie nützlich wäre ihm jetzt ein Mann gewesen, der im richtigen Augenblick vor dem Fenster »Hilfe!« geschrien hätte! Er schenkte dem General Saber ein Landgut samt tausend Seelen.

Jemand hörte, wie der Kaiser zum Grafen Pahlen mit einem Lächeln, wie man es schon lange nicht mehr an ihm gesehen hatte, sagte: »Vorläufig

braucht er nicht mit einer Division belastet zu werden. Er wird Wichtigeres zu tun haben.«
Niemand außer Bennigsen wollte eingestehen, daß er von dem General gar nichts wußte. Pahlen kniff die Augen zusammen.
Der Oberkammerherr Alexander Lwowitsch Naryschkin erinnerte sich an den General: »Aber natürlich... Oberst Saber... aber natürlich... Ich erinnere mich... Er hat der Sandunowa den Hof gemacht...«
»Während der Manöver bei Krasnoje...«
»Ich glaube, er ist mit Fedor Jakowlewitsch Olsufjew verwandt...«
»Nein, Graf, mit Olsufjew ist er nicht verwandt. Oberst Saber ist aus Frankreich. Sein Vater wurde in Toulon vom Pöbel enthauptet.«

XXI

Die Ereignisse entwickelten sich schnell. General Saber wurde zum Kaiser befohlen. Am gleichen Tage meldete man dem Kaiser, der General sei schwer erkrankt.

Ärgerlich ächzte Paul und drehte an einem Uniformknopf des Grafen Pahlen, der diese Nachricht überbrachte, so lange, bis der Knopf abriß.

Er sagte heiser: »In ein Hospital bringen! Auskurieren! Wehe, wenn er nicht auskuriert wird!«

Der kaiserliche Kammerlakei fuhr zweimal täglich ins Hospital, um sich nach dem Zustand des Kranken zu erkundigen.

In einem großen Krankensaal mit dicht geschlossenen Türen liefen die Ärzte geschäftig hin und her und zitterten wie Kranke.

Am Abend des dritten Tages starb der General Saber.

Paul Petrowitsch war nicht mehr wütend. Er sah alle mit trübem Blick an und ging in seine Gemächer.

XXII

Lange bewahrte Sankt Petersburg die Erinnerung an das Begräbnis des Generals Saber, und manche Memoirenschreiber haben alle Einzelheiten verzeichnet.

Das Regiment marschierte auf, mit eingerollten Fahnen. Dreißig Hofkutschen, manche leer, manche besetzt, schaukelten hinterdrein. So wollte es der Kaiser. Auf Kissen wurden die Orden getragen.

Hinter dem schweren, schwarzen Sarg ging die Frau. Sie führte an der Hand ein Kind.

Sie weinte.

Als der Zug an Paul Petrowitschs Schloß vorbeikam, ritt der Kaiser langsam auf die Brücke, um ihn anzusehen, und grüßte mit gezogenem Säbel.

»Meine besten Leute sterben mir weg.«

Dann, als alle Hofkutschen vorüber waren, sagte er und blickte ihnen nach: »Sic transit gloria mundi.«

XXIII

So wurde General Saber begraben, nachdem er alles im Leben erreicht hatte, was man erreichen konnte, nachdem er alles kennengelernt hatte: die Jugend und das Liebesabenteuer, die Strafe und die Verbannung, die Jahre des Dienstes, die Familie, die plötzliche Gnade des Kaisers und den Neid der Hofleute.

Sein Name steht in der Nekropolis von Sankt Petersburg, und manche Historiker erwähnen ihn ganz nebenbei.

Den Namen des verstorbenen Leutnants Sinjuchajew suchte man vergebens in der Nekropolis von Sankt Petersburg. Er zerfiel in Staub, in Spreu, als habe er niemals existiert.

Der Zar starb im März. Im gleichen Jahr wie General Saber. Die offiziellen Berichte sagen: Schlaganfall.

Nikolai Gogol
Der Mantel
Die Nase
Zwei Erzählungen

Band 9328

» … Petersburg blieb nun ohne Akaki Akakiewitsch, als ob er niemals in dieser Stadt gelebt hätte. Mit ihm verschwand und verbarg sich für ewig ein Geschöpf, das keines Menschen Schutz genossen hatte, niemandem teuer und für niemand von irgendwelchem Interesse und nicht einmal die Aufmerksamkeit eines Naturforschers auf sich zu ziehen imstande war, welcher es ja nicht einmal verschmäht, eine gemeine Fliege aufzuspießen und unter dem Mikroskop zu betrachten –«

Fischer Taschenbuch Verlag

fi 2006/1

Fjodor M. Dostojewski
Traum eines lächerlichen Menschen
Eine phantastische Erzählung
Bobok
Aufzeichnungen einer gewissen Person

Band 9304

In bitterer Verzweiflung an der Welt und den Menschen beschließt der sich selbst einen »lächerlichen Menschen« nennt, Selbstmord zu begehen. Doch bevor es dazu kommen könnte, hat er in einem phantastischen Traum die Vision des Goldenen Zeitalters: auf einen fremden Stern versetzt, erlebt er eine Menschheit im paradiesischen Urzustand der Harmonie, des Glücks, der Idylle – eine Welt, in der es keinen Sündenfall gegeben hat. Doch während der Traum Jahrtausende durchfliegt, zieht bei den glücklichen, friedlichen und zufriedenen Menschen die Lüge ein – Mißgunst, Mord, Krieg. Als sich das Leid des Erdenmenschen angesichts dieser katastrophalen Entwicklung, an der er schuld zu sein glaubt, bis zum Unerträglichen steigert, erwacht er aus seinem Traum – und ist verwandelt.
Durchaus nicht ins Kosmische, sondern buchstäblich unter die Erde führt das Traumspiel der zweiten Erzählung, »Bobok«, ebenfalls aus dem Spätwerk Dostojewskis.

Fischer Taschenbuch Verlag

fi 1310 / 2

Alexander S. Puschkin
Die Erzählungen des verstorbenen
Iwan Petrowitsch Belkin

Band 9331

»Was ist das für ein Teufelsspuk, dachte er, trat eilig ein – und konnte sich nur mit Mühe auf den Beinen halten. Das Zimmer war voller Leichen. Der Mond schien durch das Fenster auf ihre gelben und blauen Gesichter, auf die eingefallenen Münder, auf die trüben, halbgeschlossenen Augen und hervorstehenden Nasen …«

Fischer Taschenbuch Verlag

fi 1084 / 1

Jerzy Andrzejewski
Die Pforten des Paradieses
Erzählung

Band 9330

Der Aufbruch der 8- bis 16jährigen Kinder die 1212 von Frankreich aus zum Kinderkreuzzug ins Heilige Land antraten, führte in eine Tragödie. Dieses historische Ereignis hat Jerzy Andrzejewski seiner Erzählung ›Die Pforten des Paradieses‹ zugrunde gelegt, einer Parabel auf die Macht und die Verführbarkeit der Menschen.

»mein Kind, mein armes, verlorenes Kind, du glaubst, daß es euch Unerfahrenen, die ihr als einzige Waffe eure unschuldige Jugend tragt, gelingen wird, das zu vollbringen, was in den letzten Jahren den Mächtigsten dieser Welt, den Königen, Fürsten und Rittern, zu vollbringen versagt blieb, du glaubst, daß ihr wirklich das geschändete Grab Christi aus den Händen der Heiden befreien könnt?«

Fischer Taschenbuch Verlag

fi 2008 / 1

Vladimir Pozner
Die Verzauberten
Roman

Band 9301

Vladimir Pozners eleganter, im Stil der klassischen Novelle komponierter Roman *Die Verzauberten* (1961) erzählt eine Geschichte von »Unordnung und frühem Leid«. Ein kleines Mädchen erfährt die erste bittere Enttäuschung seines Lebens, als der von ihr bewunderte Zauberer Prinz Abdallah sich als gewöhnlicher Gauner herausstellt und das geliebte Kindermädchen, für das es alles getan hätte, sie aus Liebe zu jenem zweifelhaften Burschen im Stich läßt.

Fischer Taschenbuch Verlag

fi 1301/1

Isaac Bashevis Singer
Die Zerstörung von Kreschew
Erzählung

Band 10267

Wie die List des Satans über die kleine Stadt Kreschew kommt, wie der Böse das überaus schöne und tugendhafte Rabbinertöchterlein Lise erst zu lustvoller Sinnlichkeit, dann zu ketzerischen Gedanken und schließlich zum Ehebruch verführt, wie der Satan zwei Tage lang über Kreschew triumphiert, und wie am Ende die ganze Stadt in Schutt und Asche sinkt: das alles erzählt Isaac Bashevis Singer in dieser spannenden, düster-erotischen Geschichte.

Fischer Taschenbuch Verlag

fi 1502 / 1

Thomas Mann
Die vertauschten Köpfe
Eine indische Legende

Band 9305

Eine altindische Anekdote gab Thomas Mann den Impuls, diese »Geschichte der schönhüftigen Sita und ihrer beiden Gatten«, die »sehr ungleich nach ihrer Verkörperung« waren, nachzuerzählen. Er hat sich, ohne seine persönliche Sicht der Dinge zu verleugnen, mit der vorgegebenen »Hindu-Mischung«, dem Liebes- und Persönlichkeitsproblem auseinandergesetzt und so nach eigenem Bekunden »ein amüsantes Gedankenspiel getrieben«, das »einem aus der Hand schlüpft, wenn man es greifen will«.

Fischer Taschenbuch Verlag

fi 1315 / 1

René de Obaldia
Graf Zeppelin
oder Emiles Leiden
Erzählung

Band 10177

»Zwölf Jahre schon! ... Wie alle Frauen hatte Angélique ihren Mann für einen anderen gehalten. Unerbittlich zwangen die zu den Tagen kommenden Tage sie dazu, sich in das Unvermeidliche zu schicken: Emile war Emile. Schmerzliche Wirklichkeit, die sie betrügen wollte, indem sie Emile betrog. Ehebruch war leider nicht ihre Stärke.«

Fischer Taschenbuch Verlag

fi 1504/1